AF142008

François de Bressault

Agnès et Josette

2015 François De Bressault
Edition : BoD – Books on Demand
12/14 rond-point des Champs Elysées, 75008 Paris
Imprimé par Books on Demand GmbH, Norderstedt,
Allemagne
ISBN : 9782322018901
Dépôt légal : juin 2015

TABLE DES MATIÈRES

4

I.

« Non, Monsieur le Directeur, je ne peux pas continuer, je vous assure ... Je n'ai aucune autorité sur elles ... Je voudrais reprendre la direction des petites : je suis trop jeune pour m'occuper de gamines de quatorze ou quinze ans ... Trouvez quelqu'un d'autre ! »

Le directeur des Œuvres Sociales, depuis peu installé dans cette banlieue ouvrière, la regardait avec un peu d'étonnement ... Il était accoutumé chez cette jeune fille à plus d'énergie, d'optimisme ... Sans doute avait-elle de solides raisons ... D'ailleurs, il serait inutile d'insister : il connaissait le caractère entier de sa collaboratrice.

« Bon, bon ! On vous redonnera les enfants, mais il faut quelqu'un pour vous remplacer ... et qui ? »

Mademoiselle Agnès avait prévu cette objection, elle y avait déjà réfléchi :

« Prenez Josette Bibat ... elle est de deux ans plus âgée que moi, elle aura plus d'autorité ... elle a déjà fait des remplacements comme institutrice, je suis sûre qu'elle acceptera : elle ne demande qu'à se rendre utile ! »

« Mademoiselle Bibat ? » Oui, le directeur n'y voyait pas d'inconvénient ; pas du tout ... Il ne la connaissait que depuis peu de temps mais il avait pu apprécier sa moralité, son zèle discret ... Bien sûr, une enfant un peu naïve, mais pleine de bonne volonté ... C'était entendu ... « Si elle accepte ! »

« Elle acceptera, je vous le dis ! Ne serait-ce que pour me rendre service ! Elle a beaucoup d'amitié pour moi, elle vient souvent à la maison : elle s'ennuie un peu. Son père était quelque chose comme vétérinaire dans le Midi, mais vous savez, depuis qu'il s'est retiré ici, comme elle n'a pas de diplômes, elle ne peut rien faire, cela la change bien la petite. Elle ne demandera qu'à nous aider ! Je vais lui en parler dès ce soir ... Demandez-le-lui de votre côté si vous la voyez ... Au revoir,

Monsieur de Directeur ... Oh ! Que je vous raconte : vous ne savez pas ce que Jeannette, la fille du Patron d'en face, m'a dit l'autre jour, alors qu'elle venait jouer avec nos petites : « Dis donc, Margueritte (on m'appelle par mon nom de famille) », qu'elle me fait avec sa jolie petite figure joyeuse ... elle est mignonne, n'est-ce pas, Monsieur le Directeur ? « Dis donc, il y a une Sainte Marguerite Alacoque, hein ? Eh bien toi, tu seras Sainte Marguerite « Sur le plat » ! Elle était contente, fallait voir ! »

Monsieur le Directeur sourit poliment. Il avait l'air absent. Peut-être s'en aperçut-elle : « Allons, Monsieur, je vous quitte, on perd son temps à causer ... mais ça change un peu. Ce n'est pourtant pas le travail qui manque à la maison ... Au revoir ! »

II.

Oui ... elle avait bien fait, ce serait mieux ainsi ... Josette saurait mieux se faire écouter, songeait-elle en regagnant le petit pavillon qu'elle occupait avec sa mère, veuve depuis plusieurs années déjà, et qui travaillait comme caissière dans les bureaux de l'usine proche. Elle était bien traitée et le patron n'était pas très dur : c'était un peu la vie de famille. Agnès connaissait bien les enfants du patron : la jeune Jeannette qui avait fait d'elle une nouvelle sainte et Pierre, son frère, qui avait comme elle dix-sept ans. Elle l'appelait d'ailleurs Pierrot comme le faisait sa petite sœur, il y avait si longtemps qu'elle le connaissait ! Il était présent à toutes les fêtes de la JOC [1] dont

---

[1] JOC = Jeunesse Ouvrière Chrétienne, association fondée à Bruxelles en 1925 par l'Abbé Joseph Cardijn, dont la branche française fut fondée en 1927 par le Père Anizan. Elle vise à organiser des groupes d'études pour ramener le monde ouvrier vers le christianisme, organise des débats et dispense des formations, aide les

son père, Monsieur Daniel, était le président d'honneur. À toutes les séances, il était là, jouant dans des pièces, organisant, se dépensant un peu à tort et à travers, comme elle-même ! Mais ce qu'il aimait par-dessus tout, c'était le football : l'équipe locale n'avait pas de meilleur joueur.

Souvent de sa fenêtre, elle le voyait rentrer, fourbu, poussiéreux, ravi ... accompagné presque toujours de son meilleur camarade, Jean, le frère de Josette.

Agnès Margueritte passait en ce moment devant la maison du patron, très simple, ennuyeuse, confortable. Elle touchait à l'usine déjà grande, mais dont la superficie, depuis la fin de la guerre en 1918, s'agrandissait chaque jour.

Sa mère avait connu le temps où ce n'était ici qu'un terrain vague ... elle-même se souvenait de l'époque où tout ceci

---

jeunes en précarité. Nombre de syndicalistes de la CFDT, de la CFTC et de la CGT sont issus de la JOC. Scindée en JOC et JOCF (branche féminine), elle est mixte depuis 1987.
En parallèle, fut fondée en 1929 la JEC = Jeunesse Étudiante Chrétienne, dans la même mouvance.

n'était point bâti. « Comme cela change vite, la banlieue ... »

Déjà, elle apercevait le petit pavillon de sa mère, dans la noble position d'un chien couché devant une barrière qu'il ne peut sauter, regardant le remblai du chemin de fer.

Une pauvre petite maison ... mais bien assez grande pour sa mère et elle, quatre pièces et une cuisine. Confortable mais simple, très simple. Sans aucun luxe, sans ces beaux meubles qu'elle avait vus un jour chez Monsieur Daniel en allant porter une invitation pour une fête locale. Là, vraiment, c'était beau. Mais eux étaient des gens riches, il ne fallait pas comparer ... D'ailleurs, les patrons méritaient leur richesse : ils étaient compatissants, charitables, ils étaient bons et Monsieur Daniel avait beaucoup travaillé avant de devenir « un gros industriel ».

« Agnès, tu ne me dis plus bonjour ? » Surprise, elle se retourna.

« Oh, Pierrot, pardon, je ne t'avais pas vu ! »

Pierre Daniel la regardait en souriant, avec des yeux saillants, très doux, un peu moqueurs, à fleur de tête. Il n'était pas beau, certainement pas, ni très distingué, mais il y avait eu en lui quelque chose qui inspirait la sympathie. Il semblait si franc, si spontané ...

« Tu reviens encore de chez le directeur des Œuvres ... Naturellement, cela devient louche ! »

« Tu ne pourras donc jamais être sérieux, gros bébé ... »

« Oh, Mademoiselle ! » Il imitait son ton un peu autoritaire qui faisait dire à Josette « qu'elle ferait une très bonne maîtresse d'école ».

Il était si comique qu'elle rit en continuant :

« Je suis allée le trouver pour lui demander de me remplacer pour s'occuper des grandes, je lui ai proposé Josette Bibat ... tu sais, celle qui chante le dimanche à la Messe ... »

« Elle ! C'est vrai que je la connais très peu, mais elle paraît plus jeune que toi. Tu es un prodige de raison à côté d'elle ! C'est elle la plus enfant de vous deux ! Quelle idée ! Et il a accepté ? »

« Pas encore, mais cela ne fait aucun doute, elle ne demande qu'à rendre service ... et d'ailleurs elle le ferait pour moi, nous sommes de bonnes amies, nous nous connaissons depuis que ses parents se sont retirés ici ! »

« Si c'est une de tes amies, elle ne peut être que très remarquable ... Cela prouve en tous cas qu'elle a un caractère conciliant ... »

« Ce qui voudrait dire que j'ai moi, mauvais caractère ... merci, Pierrot ! » « N'oublie pas, » ajouta-t-elle, « que nous avons Dimanche une séance au profit des Oeuvres Sociales ... On compte sur toi ; Viens, ne serait-ce que pour entendre les fausses notes de Josette ! Et au revoir ! »

Quel loustic ! Pensa Agnès, en le quittant, c'est un vrai gamin. Josette doit sûrement le trouver mal élevé ... Mais moi, je l'aime bien ... Il est très gentil, au fond ...

III.

De retour chez elle, Agnès aida sa mère à préparer le dîner. Sa mère rentrait fatiguée du bureau où elle était comptable. Bientôt Agnès elle aussi travaillerait à l'usine : elle venait de passer son brevet et devait entrer la semaine prochaine dans les services de caisse.

L'usine du père de Pierrot, cela lui semblait drôle ... Oh ! Elle n'avait pas peur du travail, au contraire, cela lui permettrait de gagner aussi de l'argent et d'aider sa mère ... Plus tard, quand elle serait assez riche ... Elle rêvait de changer de logement : c'était si triste, ce pavillon sans autre vue que le remblai du chemin de fer ! Elle louerait une petite maison claire, derrière un beau jardin aux fleurs éclatantes ...

« Alors, c'est Mademoiselle Bibat qui va te remplacer ? » Lui demanda sa mère au dîner, « Cela vaut peut-être mieux, tu te fatigueras moins ... et elle est aimable et gentille. Mais je la trouve un peu entreprenante ... Je crains qu'elle ne se serve de toi plutôt que de t'aider ... »

IV.

Le dimanche, à la « Soirée Récréative », Agnès s'aperçut que sa mère avait vu juste.

Pierrot était au piano pour accompagner la chorale des enfants. C'était Josette qui la dirigeait, plutôt mal, d'ailleurs ... « Elle doit être intimidée », pensa d'abord Agnès. C'était aussi l'avis de Pierre Daniel : « On dirait que je lui fais peur ». Aimablement, il lui demanda : « Vous semblez aimer beaucoup la musique, Mademoiselle ? »

Tiens, remarqua Agnès, il ne l'appelle pas Josette ...

« Oh, oui, malheureusement, je ne suis pas très bonne musicienne, mais mon plus grand plaisir est d'entendre de la bonne musique »

« Eh bien, coupa Agnès en montrant Pierre, si cela t'amuse, il te jouera du piano toute la journée ... C'est une passion encore plus grande chez lui que celle du football ou de conduire des camions ! »

Pierre haussa les épaules et dit :

« Toi, tu n'y comprends rien, mais si cela intéresse Mademoiselle, je lui jouerai volontiers quelque chose »

« Oh, oui, Monsieur ! »

Monsieur ... ! Agnès trouvait cela comique ...

« Cela me ferait tant plaisir ! Mais je ne voudrais pas ... »

Pierre n'attendit pas la fin de la phrase pour commencer à jouer. Il avait l'air ravi. Il choisit d'exécuter des œuvres difficiles. Pour l'épater, sans doute.

À ce moment, Agnès regretta d'avoir introduit son amie ici, près de Pierrot. Connaissait-elle vraiment Josette ? Elle commençait à douter de sa sincérité, d'autant qu'un jour, dans les premiers temps qu'elle la voyait, celle-ci lui avait dit avoir horreur de la musique. De qui se moquait-elle ?

Mademoiselle Bibat s'était assise près du piano, les jambes croisées. Elle semblait perdue dans une extase. Un instant, elle étouffa un bâillement. Pierrot n'était occupé qu'à jouer, il ne voyait rien, il avait l'air heureux.

* * *

Ce soir-là, en rentrant, Agnès se sentit très seule et, sans raison, triste. Pour un rien, elle se serait mise à pleurer. C'était bête. Elle ne parvenait pas à se comprendre, elle se trouvait stupide.

* * *

Et, ce même soir, à se parents qui lui demandaient s'il ne s'était pas trop ennuyé à cette soirée, Pierre répondit : « Oh, non, au contraire, je me suis bien amusé. J'ai joué la Grande Polonaise de Chopin et la Deuxième Rhapsodie de Liszt. Cela a beaucoup plu à Mademoiselle Bibat, celle qui va remplacer Agnès auprès des grandes. Elle est très gentille ! » Il ressentait une envie folle de rire et de chanter.

* * *

V.

« Je crois qu'il m'a remarquée, tu sais ? » confiait au même moment Josette à sa mère qui lui répondit « Très bien, ma chérie ... et surtout continue à t'intéresser à la musique ... C'est le meilleur moyen de lui plaire ... avec ton frère et le football ... »

Oui, sûrement, son frère. Jamais Pierre n'avait eu un meilleur compagnon pour jouer au football. Jamais meilleur équipier, plus dévoué, plus habile. D'ordinaire, il jouait arrière. Avec beaucoup d'adresse, il s'efforçait d'arrêter les balles dangereuses pour Pierre – qui était gardien de but -, mais lui laissait le plaisir de bloquer celles qui l'étaient moins. Il lui rendait service sans lui porter ombrage, il lui rendait les parties plus aisées mais lui en laissait la gloire personnelle. Il servait, simplement.

C'était le jumeau de Josette. Il adorait sa sœur, souvent il parlait d'elle à

Pierrot, après les parties, quand ils revenaient ensembles. Jean avait gardé, beaucoup plus qu'elle, l'accent coloré de son Midi natal. Sans être particulièrement beau, il avait une figure aimable, plaisante, ouverte. Il était mince, pas très grand, nerveux ... Il paraissait à l'opposé de Pierrot, ce qui reposait ce dernier de lui-même. Il lui était, comme l'on dit « Très sympathique » Peut-être un peu plus ...

C'était une joie pour Pierre de voir Jean jouer devant lui, si vif dans ses gestes, si indolent entre les actions, en s'appuyant paresseusement aux montants des buts, quand le ballon se plaisait dans le camp adverse. Il parlait inlassablement de toute chose et surtout de ce qui plaisait à Pierrot. Leurs goûts sans doute était semblables : le sport, l'automobile, les filles, et les bateaux, la mer ... Pierre éprouvait du plaisir à sentir tout près de lui ce garçon souple et gracieux ... « Être avec ce que l'on aime, cela suffit ! » ...

Si, en arrivant sur le terrain, il ne le voyait pas, la partie n'était plus pour lui qu'un ennuyeux exercice. Il l'effectuait avec conscience car, la prochaine fois, sans doute, Jean serait là et il ne voulait pas que son ami pût douter de sa supériorité de joueur ... mais ce n'était plus qu'un entraînement et si on lui demandait, à la maison : « T'es-tu bien amusé ? Un bon match ? » Il répondait : « Non, rien de sensationnel ... une partie assommante ... D'ailleurs, il y avait beaucoup d'absents : Jean Bibat n'était pas là, ni ... » Il devait s'arrêter, s'apercevant que c'était le seul qui manquait, ou du moins dont il avait remarqué l'absence ... Il avait peine à le croire.

Et, parce qu'elle était sa sœur, avant même de la connaître, Josette lui fut sympathique. Elle lui ressemblait sans doute ...

Au début, elle l'avait un peu intimidé, comme presque toutes les jeunes filles. Peut-être était-ce chez Pierre de la timidité ? Surtout, il était naturellement familier. Avec un garçon, il pouvait l'être sans qu'on n'y vît autre chose que de la camaraderie. Avec une fille, il avait peur d'être pris au sérieux, ou qu'on se moque de lui. Il savait qu'il n'était pas beau ... Un jour, au Lycée, un professeur lui avait dit, le voyant entrer : « Vous Monsieur, qui lui ressemblez, parlez-moi de la Lune ! » Il devait convenir que ce n'était méchant que parce que c'était vrai.

Quand il n'était encore qu'un enfant, il n'avait pas bien le sentiment de cette infériorité : il ne se regardait pas agir, parler, vivre. Maintenant, il avait pris conscience de lui-même. Il ne jouait plus au football, simplement, il était quelqu'un de particulier avec une certaine apparence, lui-même, qui jouait et que d'autres regardaient.

Sans doute, quand il était avec de vieux amis, ou dans sa famille, était-il encore, comme autrefois, cela que dans l'instant il faisait, il était alors véritablement la petite histoire qu'il racontait, ce monsieur qu'il dépeignait, cette automobile qu'il décrivait.

Mais, devant des étrangers, des jeunes filles surtout, il gardait présente la conscience de ce qu'il était, demeurait au-delà de l'histoire, qu'il était en train de raconter. Non seulement il ne s'identifiait plus à celle-ci mais pas même à lui qui la disait. En même temps qu'acteur, il était, de lui-même, spectateur. Et cela le gênait terriblement : se voyant agir, il se trouvait laid ... et vulgaire ... Peut-être était-ce la raison pou laquelle les jeunes filles de son monde, c'est-à-dire, de sa fortune, lui étaient, en général, insupportables. Leur frivolité, leur légèreté, leur snobisme, leur continuelle moquerie dont il se croyait toujours la victime, l'énervaient considérablement.

Peut-être était-ce aussi à cause de son orgueil de lui-même d'abord, pour se venger des railleries, de sa fortune ensuite ... Il aimait assez à jouer au grand seigneur et qu'on l'admire, sinon pour lui, du moins pour ce qu'il représentait d'argent, d'études, de position sociale ... Et parmi ses égaux ou ses égales, c'était difficile. Cela sans doute était une des raisons et de son activité sociale et de son attachement pour Jean, et, déjà, pour sa sœur.

Il avait, au début, craint de la trouver vulgaire, terre à terre : il la voyait artiste, musicienne ... lui qui aimait tant la musique au point qu'il y eût volontiers sacrifié l'avenir de l'usine si son père n'y avait veillé ... La musique, encore son seul amour ...

« Tu as raison, Josette, prends beaucoup d'intérêt à ce qu'il joue ... et surtout, écoute-le ! »

* * *

VI.

C'était encore Mademoiselle Agnès qui avait été l'organisatrice de ces cercles d'études où l'on discutait de problèmes d'actualité. Parfois, Pierre, quand sa préparation à Centrale lui laissait quelques loisirs, venait y faire une courte conférence.

Aujourd'hui, il parlait de questions sociales, sans grande conviction : il était loin d'être un orateur. Toute son attitude reflétait l'ennui de son public.

« Assommant, son speech », glissa Agnès à Josette, sa voisine, qui, juste en face de Pierre, l'écoutait d'un air pénétré, la tête légèrement appuyée sur sa main, un peu dans l'ombre qui donnait plus de charme à son profil, et souriait ... aux étoiles !

Josette ne parut pas entendre la réflexion de son amie et, lorsque Pierre eut achevé, elle applaudit de toute son âme.

« Eh bien ! Mon vieux Pierrot, tu as voulu nous endormir ce soir », dit Agnès quand le jeune homme revint auprès d'elles.

Pierre rougit, regardant les autres assistants pris d'une crise de fou-rire refoulé.

« Tu aurais dû me prévenir », continua-t-elle, « J'aurais pris un café avant de venir ».

D'ordinaire, Pierre prenait bien la plaisanterie, même indélicate de sa vieille camarade, mais ce soir, non.

« Tu es vraiment aimable ! J'aurais dû te céder la parole ... On aurait bien ri ! Si tu crois que c'est facile ... Heureusement, tout le monde n'est peut-être pas aussi difficile que toi ! » Acheva-t-il en regardant, instinctivement, vers Josette.

« Moi, je sais », Intervint cette dernière de l'air hésitant d'une petite fille timide qui récite sa leçon, « Que cela m'a beaucoup intéressée, ce que Monsieur Pierre a dit ... C'était très documenté. J'aime tant entendre parler des gens instruits et qui s'expriment bien ... » Ajouta-t-elle, un peu plus bas, en rougissant opportunément de sa naïveté supposée.

Elle put constater que le visage de Pierre Daniel s'éclairait de plaisir ... Quittant Agnès, disant, avec un geste moqueur « Tu vois ! Tout le monde n'est pas de ton avis ... Ou du moins a la gentillesse de le dire ... », il alla s'installer près de Josette. Celle-ci sembla plus loquace que la dernière fois : elle lui confia que sa plus grande privation était, habitant la banlieue, de ne pouvoir aller au concert, n'ayant personne pour l'accompagner. Sa mère ne sortant jamais le soir, son frère n'aimait pas la grande musique ... Et, seule, revenir la nuit en banlieue, ce n'était pas prudent ... » Elle était si jeune, n'est-ce pas ?

« Je vais souvent au concert, moi », répondit Pierre. « Si cela peut vous être agréable, je prendrai une place pour vous en même temps que pour moi ... puisque nous aimons la musique autant l'un que l'autre », conclut-il.

VII.

Rencontrant Josette le lendemain à la Croix-Rouge, Agnès lui demanda en plaisantant, car elle ne pouvait penser que c'était sincère, comment elle « avait eu le front de trouver cela intéressant ».

« Moi, je trouve que c'était très bien », lui répondit-elle sans se troubler, « très intéressant ... Il est instruit, Monsieur Pierre Daniel ... et très aimable », ajouta-t-elle de l'air le plus candide qu'elle put trouver ... « Tu devrais être plus gentille avec lui ! »

* * *

« Tu avais raison, Maman, Josette se moque de moi ... Moi qui la croyait si franche ! » Agnès, ce jour-là, avait beaucoup de peine. « Mais Pierre ne voit donc pas qu'elle le flatte ? »

* * *

Revenu de sa conférence de bonne humeur, Pierre explosa lorsque sa sœur lui demanda des nouvelles d'Agnès.

« Oh, celle-là ! Elle devient insupportable ... C'est effrayant d'avoir une camarade comme Agnès ! Elle n'est contente de rien ... rien ne trouve grâce à ses yeux ... Il faut toujours qu'elle fasse des observations, et en public, naturellement ! »

« C'est parce qu'elle n'a pas trouvé bien ta conférence que tu dis cela ? » S'enquit malicieusement Jeannette, « Moi, je l'aime bien, Agnès. »

« C'est parce que tu ne la vois pas très souvent ... autrement, tu changerais d'avis. J'aime beaucoup mieux Josette, elle, au moins, ne me dit jamais de choses désagréables. »

« Bien sûr ... elle dit toujours comme toi en pensant à autre chose ... elle te flatte, mon cher ! »

Pierre n'eut pas le temps de répondre à sa sœur, brutalement comme il comptait le faire, car Madame Daniel demanda de l'air le plus innocent : « Tu nous parles beaucoup de cette Josette depuis quelque temps ... elle t'est sympathique ? »

Pierre répondit par un vague geste d'assentiment, jugeant prudent de ne pas trop poursuivre sur ce sujet la conversation.

« Tout le monde lui en veut décidément à cette petite », pensa-t-il. « S'ils croient que cela pourra me faire changer d'avis ! Je ne suis plus un enfant ... et je la trouve vraiment très gentille et très intelligente ! »

VIII.

Quelques jours après, Mademoiselle Agnès entrait à la comptabilité de l'usine Daniel, en qualité d'aide caissière. Elle commençait à connaître cette vie où l'on n'existe pour soi-même qu'avant huit heures du matin et après dix-huit heures le soir, si l'on n'est pas trop fatigué pour penser, parler et vivre humainement ... Où l'on ne désire, quittant le bureau, que se reposer, oublier en dormant l'esclavage d'aujourd'hui, de demain, de toujours.

Rentrant le soir après cette première journée de travail au bureau, la tête lourde de chiffres calculés, songeant que désormais, sauf quelques jours de vacances par an, sa vie s'écoulerait ainsi monotone et dure, Agnès eut besoin de beaucoup de courage pour répondre « Très bien » lorsque sa mère lui demanda « Comment cela s'est-il passé à l'usine ? »

* * *

Ce soir-là, Josette accompagnait Pierre au concert pour la première fois.

* * *

IX.

Il y a longtemps de cela. Dirigeant la comptabilité de l'usine Daniel, assise chaque jour au même bureau, avec les mêmes gestes, faisant les mêmes comptes, l'on peut voir une demoiselle d'un certain âge ... une « vieille fille », toute ridée déjà, qui possède une voix criarde, suraiguë, beaucoup de bonté ... et peu d'amitiés. Depuis plus de trente ans qu'elle est dans la maison, dans le même service, chaque jour de chaque semaine, de chaque mois, de chaque année, ne finissant la tâche d'aujourd'hui que pour songer à commencer, toute pareille, la tâche de demain et pour toujours ... chacun connaît Mademoiselle Agnès.

Elle a toute la confiance de Monsieur Pierre Daniel qui a succédé à son père à la direction de l'usine. Il apprécie beaucoup son honnêteté, sa ponctualité, sa précision ...

« Sans doute ma meilleure employée », lui arrive-t-il de dire, « Sinon la plus aimable ! »

Aimable ... non, elle ne l'est pas beaucoup, et c'est peut-être pourquoi elle n'est pas très aimée de ses collègues ; et aussi parce qu'il lui arrive souvent de faire des observations à ses subordonnés, se réservant d'en faire des louanges, lorsqu'elle rend compte au patron du fonctionnement du service ... discrètement ; peut-être parce qu'elle sait entremêler tout le bien qu'elle fait de ce petit peu de brusquerie, d'indélicatesse qui dispense les bénéficiaires d'être reconnaissants !

Elle est franche, parfois un peu brutale ... elle parle toujours de Monsieur Pierre avec une nuance de maternelle affection ... elle prend son intérêt comme le sien propre ... elle veille sur lui ... elle ne s'est jamais mariée ...

Elle s'occupe toujours exclusivement des « petites », elle habite le petit pavillon triste, toujours le même, où la mort de sa mère l'a laissée seule ... Elle n'a plus l'espoir de le quitter jamais ...

C'est une vieille fille !

* * *

X.

Réellement, elle parait très jeune avec ses cheveux noirs si bien ondulés, son discret maquillage, ses robes élégantes signées des plus grands couturiers, de couleur si claires l'été, et l'hiver avec de somptueux manteaux de fourrure, qui attestent de la fortune de Monsieur Pierre Daniel, son mari. Elle habite, non loin de l'usine, une grande maison, immense pour eux deux. Elle n'a pas d'enfants.

Dans le grand salon, au milieu de meubles précieux et rares qui le font ressembler au boudoir de quelque marquise du dix-huitième siècle, un grand piano à queue. Un Steinway. Il s'ouvre rarement : Pierre n'a plus le temps de jouer, l'usine l'absorbe tellement ! Et puis, sa femme n'aime pas la musique, ou plutôt qu'il en fasse, elle préfère écouter n'importe quoi à la radio, ou aller au cinéma, ou dans les boites de nuit. Bien entendu, ils ne vont jamais au concert. Il s'est résigné.

Elle s'ennuie de passer plus de quelques jours dans la vieille demeure bretonne que son mari continue d'aimer comme au jour où ses parents l'achetèrent et qu'il n'était qu'un enfant insouciant et joyeux ... où il a plaisir à retrouver sa sœur et le mari de celle-ci au moment des vacances d'été ...

L'air de la mer ne réussit pas à Madame Daniel, il altère son teint ... aussi son mari, les exigences du travail aidant, s'estime-t-il heureux d'y passer quinze jours pas an ... il s'ennuie ...

Elle continue depuis le jour déjà lointain de son mariage à se rajeunir, aidée de son coiffeur, de l'institut de beauté, de son couturier et de sa modiste.

Maintenant, quand elle parle de sa famille, elle dit « Mes ancêtres »é. Son père est devenu, depuis qu'il est mort, un gentilhomme de vieille race. Bientôt sa mère sera princesse ... Son mari laisse dire ... Peut-être un jour finira-t-il par le croire ?

Parfois, elle joue encore à la petite fille naïve qu'elle n'a jamais été. C'est sans doute trop ... mais ses amies elles-mêmes conviennent qu'elle ne doit pas avoir plus d'une quarantaine d'années ...

Il ne viendrait à l'idée de personne, lorsqu'elle descend, si élégante, de voiture, devant la petite église de banlieue, sa paroisse comme autrefois, de la comparer à Mademoiselle Agnès, si usée, qu'elle paraît plus de cinquante ans, une vieille fille.

Et pourtant Josette Daniel est plus âgée que son ancienne amie Agnès. C'est même pour cela qu'un jour, pour s'occuper des « grandes », elle la remplaça.

* * *